晨曦中一滴甘露　飄搖航程的掌舵
平和日子偶追夢　夜不眠星月寥落
　　鳥語　花香　紅楓　青秧
　　華燈　琉璃　推門　開窗
　　　詩旅心藏　清淺悠揚

詩般若

李卓珍

博客思出版社

目錄

6

廣潤

假如有一天
可以化現無量無邊身

將化為風　輕輕溫柔　你的髮絲
教憶起慈母的一擁入懷　寧馨安全
生起向生命　探測的信心

容化為花　盛豔凋萎　盡入眼簾
思想起無常的剎那騰空　警惕珍惜
當來的把握　告別且釋懷

幻化水晶　瑩光剔透　八方照明
導以玲瓏的心穿透世間　浮誇無明
洞悉當盡瑕疵　險惡煩惱
化為峻嶺　峰峰相連　孕育無限
譬喻恁地高深藏義無窮　賦涵滋養
激發起人微但　志比山高

千萬種可能　無數億化身
眨巴眨巴的星　紅火的太陽
覓花微不足道　牡丹富貴嬌艷
細看　都有著慈悲的臉　和暖的身
萬千威儀　甚深智慧　永無罄盡
隨你渴飲　潤你心藏
導你入門　擷取寶藏

千萬個身　億萬雙手　只給不奪
給你智慧　納入豐收
不奪自力　壞汝成長
千萬張臉　億萬雙足　笑納十方
容有希求　普皆來到
示你樂觀　勇進豪邁

輕輕流淌　飄忽而過
以無數可不可能想見的身
撫平憂傷疾苦　困頓窮顢
止息　貪婪　瞋怒　癡狂

惠澤有情　將護久長

Michelle 汪 / 攝

妙演

善緣天地邀靈祇

德增金蕊佳色怡

玉溪妙演融二諦

極品心蓮俏分立

啟航

展翅欲啟妙覺航　束羽輕遮世道常
靈山為屏瘴厲險　幻海欣渡悲智航

友善

一襲珊瑚絨
探訪碧玉叢
思憶染情境
翠竹醒驕紅

蘇麗雲／攝

新貴

一抹清秋攏月影

幾枝紅葉爭遊船

前朝仕子守寒窗

今宵少年歡歌轉

娑婆

白荷清淺墨葉殘，
照破千古世間纏；
蓬門節花無人賞，
富貴牡丹春風盤。

蘇麗雲 / 攝

凝露

未曾擎天護霄壤
何必閒情道功過
荷塘蓮葉猶淨惑
無量掬光效琥珀

雄風

盛甲水將軍　富麗競彩天

紫盔耀金髯　　威風何莊嚴

蘇麗雲 / 攝

小千界

光增琉璃葉，生色小千界，
依稀見山坳，霧鎖如夢闕。

艷遇

戚戚惶惶鬧心纏　汲汲營營爭欺詆
浮世薰風添憂惱　人間新豔轉愁腸

蘇麗雲 / 攝

如幻

絕色傾心語曉翠，莫羨丰姿恬然對；
一朝緣盡芳菲褪，剎那紅艷只夢寐。

可愛的銀花莧，住著精靈的小秘密，不刻意，見不著它的美麗。亭亭的球狀花序，滿載向上的喜氣，依稀活絡著脈脈歡慶⋯⋯

藏

銀花仙境存雅韻　　枝葉清麗歇春意
清淺花苞含蓄諦　　恬淡姿影解脫趣

牽引

曲岸繁華憶楚狂，紅豔涵藏綴明黃
碧波水榭林園闊，幽幽亭臺日月長

Tommy Lien/ 攝

憐香

碧波無痕逸清幽
潔蓮攬鏡語佳偶
昨日籬旁西風落
可憐傲骨黃花瘦

Michelle 汪 / 攝

23

匆匆來去

荼蘼花開悲陌路　金秋一別續歸途

漫天紛雨闌珊下　辭歲冬雪迎鷦鴣

24

王林蕊 / 攝

日經月引

灘泥迂迴析水奉
江河滄浪漫填壑
皎皎明月棲空引
滾滾紅塵朗日拓

搬雲浪

悔將堆浪送雲天
慨遮流霞燦人間
暮秋風水熾然受
行律光陰驚治年

王林蕊 / 攝

秋興

秋山紅豔堆　碧華綠玉綴
月色逐夢歸　湖光影深邃

護雛

萬里遮憂懼　恩田無盡與
銜枝護子嗣　生息傾心許

蘇麗雲／攝

綠漪仙鄉

輕風閒雲水鴨遊　載波折浪嬉潮流
白圭壁壘桃源口　綠漪仙鄉且緩舟

馬齒牡丹

籬牆邊上巧手栽　玲瓏碧玉妍姿態
曉園搏香扮花魁　依稀半枝紅蓮開

明志

孤山志空寂　枝椏傲天際
立意向有情　設座擯樊籬

即景

舟楫嚮銀杏　滄浪漫逐影

金珀恢弘令　昌平和諧淨

王林蕊 / 攝

日新

鏡瓶萬花筒　昇陽千秋聳
晨曦破雲翳　華光帔行境

詠秋葵

秋葵蕊冠析黃金　鵝絨花心飾紫晶
皓月潔翼感晨星　雪膚清涼脈含情

李卓珍／攝

花地

花沐節氣意　得時靚遊戲
佈色淨無瑕　為君羞容啟

王林蕊 / 攝

警惕

鵠的世標榜
對峙豈非常
惡尤入險灘
緣由初心藏

王林蕊／攝

雅士

幻海浪驚蜉蝣心　波濤洶湧欺道貧
潮花應遣罡風息　間歇小憩理智勤

欣暮

再見一笑猶少年
當時青澀今向晚
日暮且欣華燈展
空花水月無為闌

李卓珍 / 攝

和美

沉魚落雁佳色融
春風秋月旖旎重
倚窗麗人粉粧紅
筱園庭花相思濃

抒情

卷卷舒心軸　相思凝碧露
淺淺釋盈愁　春雨為綢繆

Michelle 汪 / 攝

依偎

菡苞形影鬱金香　忻花情侶碧蘿牆
雙姝豔冠九曲塘　金秋紅蓮舒心敞

夜雨

驟雨滂沱下　月隱星無暇
白露潤莊稼　瓊花妍色佳

寅夜……突如其來的暴雨恣意敲打，南部已成災，這雨，覷著北上？甭說夜深不宜喧鬧，飆落的架勢，夠潑辣。叮咚狂響一番，停了。不一會兒又鬧騰了起來……
連二連三。

星月藏起。今夜有雨。白露金秋涼。
惶惶隆隆的暴雨，牆簷下駐著幾株瓊花幽幽漫開。靜靜的……聆賞風雨，由著你鬧你的，他惱他的，逕自默默定定不紛不擾。

曇花一現！恰值夜，銀白的月魂，暫棲在花裡？隱隱清涼，燦燦如星。

都說這花開稀有，緣著開的時候只在深夜不聲不響？

記得父親往昔沿著山壁也種成排……花開盛的時候，動輒摘個二三十朵熬冰糖，甜甜稠稠像蜜糖，溫補清涼。

一起豐收曇花的日子遠了，父親老了，農園荒了……如今飛美安養的他老人家，念想裡，不知可有這一味兒記憶裡甜著？

從大雨到曇花，只幾步之遙，竟依稀天荒地老。

李卓珍 / 攝

王林蕊 / 攝

行程

億萬光年億萬星
無垠宇宙無垠行
生滅變異剎那際
朝花繽紛驀落英

好友的姑姑，半生執教，老了。從極清楚到渾沌，是最後那幾年的步伐。日暮的惶惑時分，總描繪著窗外有群孩子，這兒有人，那裡如何，家人見怪不怪！

飛揚的說話者，不論品格，說得興起，常會神來一筆加油添醋，入戲太深，假假真真。

有些回憶，憶著念著一說再說，添枝加葉，情節繁複了起來，從此成了劇本，益發有張力。

我們都是時間的孩子，風格獨具，像是來自不同的星球，支天佇地，分頭進行生命方程式。目眩神迷的緣起轉變，成為不小心的藉口，數數考驗著危機意識和意志力。

林野綻繁花，落英悵秋霞，朝朝暮暮，此起彼落。行行復行行，頂好是什麼操持？無為？而治才是重點吧？

所以，既認真又不哪麼認真。

聽潮

藍天碧海潮花紛，月洞垂拱浪濤嗔
遊人望風佇橋墩，忘卻無常危脆身

向前看一片風平浪境，身後巨浪拍擊礁石，浪花冽冽，像是遠遠記憶中，一個官宦老人的生前身後。

「強伯伯走了，來送他一程？」這是父執輩，不挺相熟，還是去，一段七八十年的人生旅程走完，大不易。

公祭的靈堂，為什麼不是肅穆哀戚？爭執吵嚷聲此起彼落，教人卻步……杵在堂外直候到嘈雜暫歇，默默行禮告退。

什麼樣的過節演這場落幕的吵雜？不想知道。人生啊！你執你的，他執他的，變個場景換個角兒，往往不是個事兒。

老人活著時候向來風光，若不是斯人已乘黃鶴，這般掀風作浪，量他們不敢！

操盤的時候風平浪靜，管不到的時候誰理你？暗流乍現，該來的紛爭都沒想客氣？嘆息。

滔滔歲月不都埋伏著防不勝防的玄機？

生老病死的路不是專利，往來步履，各憑本事寧馨、喧囂……誰都有劇本！那當下，誰記得起？緊著向前的時候，隨時有可能，所有機制，嘎然而止。

不如，把海螺般的細細聽，潮音有律，浩浩淼淼。我們所洞悉的世情，沒完沒了，拼卻一切把住不放，能究竟？

王林蕊 / 攝

李卓珍 / 攝

清朗

沃野雲集花飄香
悠哉茅廬青蔥漾
水田秧苗綠汪汪
浮生最樂歇渾忙

李卓珍 / 攝

沉香

上善向道行　攜識出無明
正意慈恩生　懺業念知淨

僧寶

鬚髮自落比丘笑　靜息煩惱欣良藥
晨昏戒香三門校　一身清涼日月昭

曦光乍現，訪一古寺。流年華光，止於靈山。平常作息，履日彌新。
更教行人，感應莫名。

晨鐘

道場出坡早　跣足環山掃

托缽緣破曉　無為清淨了

流觴

神隱五蘊六識間　攀緣諸塵萬境掀
帝王將相轉瞬煙　風花度盡榮華捐

李卓珍 / 攝

背影

少時好任俠
舉劍向天涯
呼風喚彩霞
日落祭盔甲

忠肝義膽行
耘浪為作嫁
半生赴劬勞
歲月令曠達

虹韻

風情依於雲　蓮步款擺擒
墨客詩心啟　獨坐花間吟

青春悍

潮湧金湯盛世昌　驕陽兒女意飛昂

不識離亂孤舟惶　敢將愛恨執一廂

徐睦詞 / 攝

何奈

落日燃秋山　雲髯笑人間
江湖虛誑識　動輒離恨掀

起訖

玲瓏乾坤半周全　謎樣人生幻裡圓
花間水袖舞仙仙　掌中拂塵拭雲天

浪漫

雲浪鑲晶邊　海天蔚嵐煙
奔雷信誓旦　瞬間隱無言

王林蕊 / 攝

Zoe / 攝

投影

淒風難惹眩彩屏　　逐雲追花閑心起
蝶衣翩躚舞輕盈　　謫仙石壁拓馨影

診間的盥洗室，面容清麗的年輕女孩，蹲踞在置紙簍旁喃
喃自語，窸窸窣窣、絮絮叨叨的不知說些什麼？花樣的容
顏白皙，黑瞳矇矓，恰似一場溫柔，可就緊貼著那不可思
議的壁角，不願起身。

不知怎的？憂鬱症成了風行的青年時代病。時不時聽見，
一個又一個漫著憂傷的故事，場景懾人。

綠松石鑲嵌的蝶翼，美的純粹。

一身蝶衣飄逸，飛舞在炎夏廊道，不怕生的傍著身邊旋繞，
往返翩躚，輕盈漫點，閒閒姿態優雅，讓人見了歡喜。悠
悠哉哉，似謫仙雲遊，紅塵追逐。

剎時停駐，片刻冉冉升起，又施施然貼臨石壁，纖細戀慕，
慰問冰冷。彷彿輕聲細語，拓此馨影，壞寂寞光景，不妨
歡喜？

推開憂鬱，據說可以蝶舞般自然簡單！

試試每天這麼做：1. 日行一善。2. 找出自己的兩個優點。
3. 看見他人對自己的三個用心。

世道

夕燈餘暉照　水天榮華紹
賦歸行灘道　迷眼逐浪濤

王林蕊 / 攝

「己所不欲勿施於人，己所欲施於人，前者的智慧更大於後者。」

「是啊！執是人的本性，總愛將自己喜歡的，不喜歡的，一股腦兒堆給身邊的人，不作興細細思量賦予真實義。所以許多人在收受之間，生病了。」

有些時候，有些人、事攤在那兒像一團泥濘，全是傳輸之間的錯亂。天下本無事，什麼是庸人？

庸人受、想、行、識的作用都很稀鬆，像逐水草的動物，是不得不。大眾慣於隨順不得不。若想挑戰不得不，那麼，要嘛成精英，要麼成落英！要挑戰又不畏懼結果的，尊稱為鬥士！

有多少人願意成為生命的鬥士？不慕安逸？那是看透安逸的本質透著酸腐肯定要變味兒？掙脫是為昇華既定，壯烈的背後，還是值！

倘若我們的生命來來去去？日月周而復始，世事否極泰來，樂極生悲？看清楚執不住一切，沒有永恆真相的當下，拼著逃離自我，向真理認證的時候，身心內外的質變，將撼動垂危匱乏的種種無奈，成就一種超脫，緊貼著的能量能饒益自他！這勝利的名，不在你原有的認知庫藏！

所以，迷眼，待開發！

李卓珍 / 攝

巧淨

一抹漸層黃
半生行路忙
十五待月央
欺世盜心防

曾經，總見一位佝僂著身子的老人，緩緩緩緩的走在飄著雞蛋花的人行道上，筆挺整潔的穿著，白圍巾比落花還白，正式的讓人想起端帽肅身的大儒。

步履蹣跚而掙扎，形容卻和暖優雅，總有個面容姣好的外籍看護亦步亦趨隨侍在側。

「伯伯早！」笑眯眯回：「早啊！」

「怎麼好些日子不見？」

「住院去啦！滿手瘀青，打針打的。」「該高興！好了嘛！」「也是。」

「家父八十八，時不時也要進場，修一修老當益壯。伯伯您好大年紀？」

「我可年輕，才二十九。」

「那敢情好，芳華正茂！」「呵呵。」「看見您真高興！」「我也是！」

擦身而過，繼續散步去。見著寒暄慣了的各色晨運路人，陽光的，不會笑的，中風的，老邁的，打了招呼多半能漾出看得出是久違的笑容！好好看，花開一樣的賞心悅目。有多久？我們忘了笑的燦爛如朝霞！

回程，又見著永遠的二十九，說寫了回憶錄給看，叫去拿！十行本上鄭重簽名領書，沉甸甸的四冊……從年幼到耄耋，往返海峽兩岸，長長大時代小老百姓清清爽爽、剛正廉能、情深義重的故事，率性的分享了路人甲。

回家認真讀了……生命該被生命器重！

定格

燭光瀲灩相思改　落霞故都不徘徊

伊人已杳乘幻海　空虛暮靄傍山崖

王林蕊 / 攝

奔龍

格定千秋業，從容史詩列；
封禪邀玉牒，天朝繁華謝。

Tina Fu / 攝

李卓珍 / 攝

日經月影

夕陽泥醉絢爛　明月施施然升起

塔上的風　可能招架

待向飛霞邀一襲披戴　鍍金穿彩

奈何枕席新涼　煙雲著惱

西廂喧譁　敞園路遙

怕只怕焚風燎　迷惘歸橋

再回首　漫天星子招搖　佳期已杳

決意凜然　恁今夕月濤　銀輝徵召

雍容爾雅　告別徬徨　傾水墨情操

息怒

遠眺雲深處　向後何歸宿
來時乘風渡　棲霞晨光沐

鍛羽折翼酷　榮景繁華悟
日暮新月出　浮生只朝露

多瑙河

綺羅色彩多瑙河　繽紛藍天落霞遮
何人掌燈催黃昏　迷魅夜風飄船歌

潘玲玲 / 攝

墨染

遙望荷塘盛
猶如墨雲動
馳水邀遊魚
奔赴玉蓮夢

天香

雲霓染成胭脂紅，
羞容簌簌迎風展，
來日天香勝色褪，
門前玉立枯待晚。

蘇麗雲／攝

湛藍的門扉，哂著過往的行跡；而微風，正悄悄傳輸所有的曾經。
恆不駐足的千思萬緒；挑撥起一幅飄忽的帆，將留或流？衍唱著生
之歌，說是能過渡，興許長繫縛。

水中天

緬深深深藍，宛若凌波仙；
目送鷗漸遠，星聚水中天。

漆黑，勾勒著深邃的成長，迂迴曲折具象於枝椏。
淨白，輕描著飄忽的夢想，悠然舒展抽象成優雅。

樂章

寒山釋空靈，枝條申樂章，
夜竟現晨曦，花語自添香。

嚴秀娥 / 攝

癡情

自古多情癡，
化蝶暫翩躚，
千秋悲拷紅，
鵲橋年復年。

由來薄倖名，
輕狂在人間，
六朝金粉慟，
秦淮歌舞閑。

李卓珍 / 攝

寒夜

夜未央，卸卻衿衾寒，螢燈幽微照前方。
路崎嶇，猶豫下山崗，眠夜未竟影月光。

初冬季風響，露冷似經霜，
汲汲營營為哪樁？嘆卿狂。

枯枝擎，申向銀河漢，群星燦然慰情傷。
景當前，抑鬱涉水行，孤舟待命滄海航。

苦雨蕭瑟落，淚眼迷離淹，
顛顛撲撲只瞬間？問雲天。

冬曉

隆冬曉月殘，
浮暈漾清華，
松煙拓枝葉，
胡風幾度刮。

欲探花經夜，
舉目皆蕭颯，
凋迎春自在，
笑睨生死乍。

蘇麗雲／攝

讚雲霓

瑰麗絢霓裳披戴，風月頌將士華鎧，
寶瓶現金螺嗚咽，銓向陽日經多彩。

海邊際和光瑞靄，隱鉅細將息緣礙，
渾沌意迷離何奈，黑雲翳盡遮澎湃。

白荷

暮色綻皎潔明亮　曦光舒寧馨飛揚
無常風月雅俗賞　白荷四時演清涼

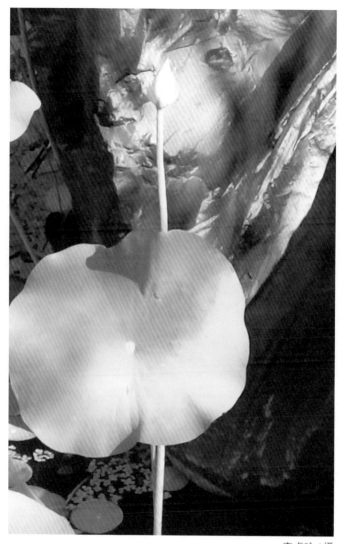

李卓珍／攝

詩意

神清詩意酬，竹風叩窗牖，清照客夢中，薛濤笑登樓。
潑墨書情濃，松煙漫山頭，東籬黃花瘦，芙蓉出水柔。

歸趣

村野行雲處　嗚咽流水訴
紅顏悲垂暮　白髮捎無助

浮生滄海粟　何不歸隱度
花田漫耕讀　乘風攀虹瀑

刹那

招搖雲駒揭天幕，瞬間巡禮神變速，
才見羅剎威風竚，乾坤挪移向何處？

李卓珍 / 攝

心苗

層巒疊嶂雲霧繚
幻海盪舟若蟲瓢
勝觀凌空越九霄
持種將護極樂苗

千山萬水斯土遙
多劫傾注衷心表
但使長夜青燈耀
照破生死闇冥沼

李卓珍／攝

李卓珍 / 攝

遊方

經論道出天地闊
林邊蘭若寂靜坐
夜不驚夢春秋握
何懼驟雨傾盆落

色蘊

苦刺釀德涎
周流天地緣
色淨勻心田
質純證無邊

桃紅姿容艷
可憐清客前
沙漠雨林遍
欣意向人間

李卓珍／攝

燈橋引

有一條路通往繁華
搭一座橋遠離塵囂

進退之間　常是雙向煎熬
想望的難企　憂惱的狎昵

肯定要　不斷的送達考驗
直到成辦平等的寧靜　才算巧卸

橋墩迎著長路　接觸
開啟一波波過渡

於是何不　拈亮群燈
伴隨行人無數　明慧渡

安識綸 / 攝

和合

悠然向天涯　秋菊伴霜花
本來界殊差　即景卻共他

淼淼

嘩嘩水何嘗　憐君一隅立
拂逆自開意　寶地唯心契

前瞻波羅蜜　燦然輝天際
行者依啟迪　識藏無盡義

蘇麗雲／攝

遣

幾樹喧嘩傾粉彩
不嚮遊人嗔花海
輕綻梢頭多自在
何須群芳爭青睞

半點稚氣暢抒懷
若無知客春猶在
悄然披風雲頂戴
一朝緣盡趣方外

李卓珍 / 攝

李卓珍 / 攝

節風

幻演流金璀，燦燦澄明蔚；
漫天祥雲飛，住世菩薩悲。

欲語萬法推，千秋燭光淚；
正義黃花歸，志節君子隨。

琴境

從表法　過渡到　無住
是迤邐跌宕悲欣交集的路
融會集結合宜　景深無邊

一路　柳暗花明　練就
曲高和天際　音抑且拆訖
可以不遂意　不縱取捨力

待到任運　原來全是意境
缺須慧迅　瞬即通透明利
銀河天星一般　燦然雲際

王林蕊 / 攝

千秋驛

落謝影探觀日渠　塵埃心瞅出世語
硃筆詮寫幻法律　三千演繹空排序

蘇麗雲 / 攝

遺世

妍枝尚質樸　幽居在深谷
關風迷霧處　高士臨淵住

王林蕊 / 攝

大悲傘蓋

玉蘭芬芳佈　縹緲無覓處
根植善淨土　花開耀今古

矮簷垛牆阻　不捨心憂苦
淡泊明志疏　長夜繪河圖

再熱鬧，孤獨不離去；再端詳，光譜會告罄；
遊走的亮麗，迷魅的追競，最終，要歸於平靜。

百年孤寂

春雨霏霏瀝微曦　釣客獨坐黯石磯
煙波簌簌雲霧移　剎那暉霞歎遷徒

願

禪悅汨汨洗
機心分分弭
臨淵士出離
仰止緣菩提

嚴秀娥／攝

綠水弄

碧波泛舟楫　水鄉錯落情　亭榭昔時影　煙霞沒古井

黃鸝鳴翠柳　遊子千秋吟　樓臺明月淨　長河送新景

紫玉盞

靈秀逸雅芊芊紫
神光俊美渠塘前
塵寰向晚黃昏淺
芙蓉心燈曠古恬

李卓珍 / 攝

李卓珍 / 攝

連蓮詠

芬雅逾芝蘭　仙姿若優曇
姍姍乘雲毯　冉冉降塵寰

潔蓮晶葉展　淨芙玉溪返
去歲憐香晚　來春輕舟桓

演義

花開似拱橋
月沐古城郊
虛榮依幻表
有情因緣巧

李卓珍 / 攝

盟志

曲水存念兜飛霞　長灘審視雲起落
忖度舟船向娑婆　圓覺無夢滄海闊

李卓珍／攝

啟程

蓄勢輕舒展　慈誠泥途挽
俠骨柔情纏　清華播芬艷

葉托最勝顏　苦德昭世賢
觀法幻如煙　淨意效紅蓮

李卓珍 / 攝

蠟菊

琰琰花中燭
熠熠昭前路
蜂蝶競忙碌
光氛破迷霧

蘇麗雲 / 攝

破曉

問君何居易　無懼在人間
世牆杵週邊　振翅上雲天

蘇麗雲 / 攝

盛彩

天象闢霞闕　沃野現霓壇
五濁呈斑斕　日隱舒心禪

浸潤

身著壞色衣
將護此心藏
孤燈不掩卷
日夜振綱常

王林蕊 / 攝

李卓珍 / 攝

自在

荷綠漫清波　桃紅臨窗沃

勝眼觀大千　合十祈福祚

信住

鳶尾韻楚楚　含苞信意篤

靈感淨斯土　千祥沐幽谷

思慕

出水芙蓉德　勁竹幽蘭折
仁風拂頃刻　沁人心脾樂

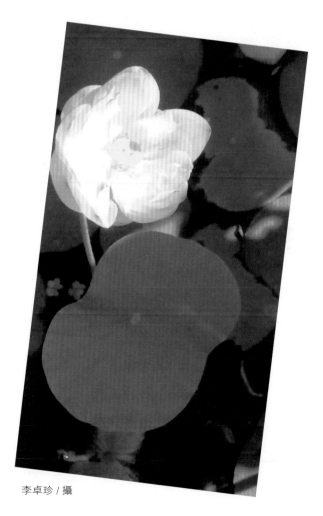

李卓珍 / 攝

廣演

拔天蓋世兮　鎮地伴古蹟
飛簷語傳奇　妙音釋禮義

李卓珍／攝

設座

門前擂石鼓　召集眾英豪　排山湧千祥　倒海聚珍寶

雄力心廣闊　天子邀群僚　論說無保守　八方領風騷

護世

一襲藍衣長門揖，
護世君子拈花禱，
林苑寂涼悄無語，
偶興長風鳴樹梢。

飛簷巡弋華蓋彰，
春山疊翠繞城橋，
古都今昔人跡隱，
乍寒秋雨知客少。

光河

燈向如意處　識趣畢竟無
光被暗冥苦　啟解勝緣殊

潘玲玲 / 攝

破曉

窗外，四時輪動，大氣光帶柔旋，
偶有雲翳，相似水墨，有虹來戲。

河畔，華年逝水，岸樹枯榮一夕，
間或繁花，恰如狂草，升騰寧靜。

李卓珍

懷舊

衣香鬢影落霞紅，古都化盡塵沙著，
飛天似曾散花末，夕陽餘暉暖風播。

扶老攜幼廳堂闊，雛燕呢喃守屋厝，
天井昭亮和光碩，詩書朗誦禮樂作。

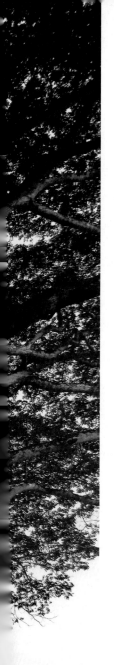

八方連繫

枝葉的相逢，纏綿悱惻，
奧妙的緣起，迷宮似的美麗；

藏著過往行人，無數燦爛的森林回憶。
絕對黑白，呼應著繁華匆匆遠去；

一切，曾在風月裡濃郁，滋潤憧憬。
黑暗不夠華麗，無怯顏色褪盡；

而繽紛七彩的虹，往往飆速逝去，
淨白，是最純粹的演繹。

才瞅見枝葉堆砌的黑，
已然乍現躍入空隙填充的白，鋪陳正義。

於是，禮敬黑，歌詠白。

李卓珍 / 攝

仙境

岩瀑絹絲洗
遊方織錦鯉
潤石苔蘚碧
箏瑟幽谷逸

蘇麗里

惻隱

胡蜂漫蝶舞　纏綿多辛楚
美人已千古　斯郎猶不屬

酷日狂風忤　柔腸添憂苦
君心何歸處　花落依芳土

攬勝

塘鵝悠然立　閒情意離繫
欣見湖水綠　清湛似凝碧

春城

香扇墜兒美人肩　紛蝶水袖舞花前
雪肌玉顏撫清弦　流雲笙歌不夜天

李卓珍 / 攝

廣韻

乘雲上廣寒　梯迴下平潭
春風籟谷關　鳶飛嚮合歡

情蘖

晚香不絕濃艷萃
夜旛推簇佳色睡
緣何青衫巷弄醉
楊花飄蓬癡心漬

王林蕊 / 攝

逢春

枯木青蔥盎
蔓花紅新妝
心葉日中朗
吊蘭露天賞

李卓珍 / 攝

李卓珍 / 攝

艷遇　媚惑水精　劈一面浮華鏡影
渲盛容　展清姿　渠塘詠　花仙子

金針花

憐君晨光發　新妝清淺妖
半生風雅誇　易牙烹為渣

金輪

永晝釋冰島　午夜迴光照
天方冉日遙　虛席待月濤

沈志華 /

蜀葵

富貴羨牡丹　小雅芬如蘭
野葵恣意展　佳色春風染

李卓珍 / 攝

慈力

護雛萌生力　英姿沐欣喜
振翅向天地　破空祈密意

夜華

玉蕊纏綿器　絲織無盡意
月夜吐芬醚　艷雲迤星際

朱麗雲 / 攝

趁著不太老,還沒去,得好好珍惜生命,為存續善淨,
昧惑盡棄,不遺餘力。

悲年

有一天老去
碼頭也將隨著韶光失去色系
霓虹紛沓都會褪盡
歲月將一切變得沈靜
純粹生活　走路　吃飯　不啟風韻
只因為再也無力　將心串起
如同多年前的歡快麻利

當我們老去
知交就像舟船流水漂浮游離
紮根情誼瞬間止息
年華引萬境邁向孤寂
只能發呆　冥想　無言　面對空虛
曾經風光的舞臺　華燈已熄
恰似隆冬裡的雪花飄零

李卓珍／攝

家道

門庭穿廊燕子落　魚躍舉人家道拓

天街風雲瞬息過　正義子孫奉古厝

6/26 夕陽

追日　從一片鑲晶的輻射雲
猜想這個傍晚有彩排　極盡輝煌

海水　波光嶙峋
竄動一尾愉悅的金蛇　呼嘯
天際　一燈雀躍
層湧招人欲醉的紅霞　驚艷

遊船靜靜歇著　心中不由得寧馨了起來
某一處　朋友等著　催問　哪去啦

正向著太陽　欣赴堤岸
只說　被夕陽絆住了

李卓珍／攝

詠蝶

白羽翼　臨風楚　翩翩神遊共
閒乘鶴　棲雲廓　裊裊嵐煙夢
曾經仙島宿丹楓　思凡亭榭伴蒼松

半歇花　幾劬勞　扣問綠葉屏
玉液飲　金山繞　知音詠花紅
蝶影花窗格子落　朝陽晨曦甘露奉

嚴竹蘭／攝

李卓珍／攝

蜂兒忙裡偷閒　歇蕊上
花末流蘇惜八方
招惹遊人慌張

千絲兀自清朗　依稀飛揚
相依傍
燈火煙暇忖度　浪淘沙

羽扇輕蹤嚮四海
欣將寰宇盡納
萬里遊船憑欄　雲水翱翔
枕清涼

金銀蓮花

羽瓣煥容光
金蕊燦銀妝
蓮生自在花
清雅流蘇窗

蓮步

白蓮溫潤和田瑩
重瓣含碧巧天工
麗人簪花悠然行
熙怡容顏婉約情

蘇麗雲 / 攝

王林蕊 /

兒歌

濯足晶瑩浪
髮捎輕飛揚
無猜各奔放
金輪傍歡暢

依傍

繁露潤新紅　蓮燭淚花容
流雲浮風泛　悲蕊自多情

李卓珍 / 攝

王林蕊 / 攝

海天霽

黝藍黑水漫迷氛
舷歌惆悵悼黃昏
雲破盡釋紅霞恩
日輪昭彰晨光申

閒情

板橋阡陌訪碧浪　農家田中探青秧
浮雲天河勤滌蕩　牧笛間歇聲悠揚

大千

海外仙山天外天
宇內神闕無人煙
虹霓漫遮雲水間
且歌且行瞻大千

晨間偶遇

晨間偶遇，一串安慰枯藤的心；
碧玉簾翠，美的希罕，天地涵蘊。

黑暗萎靡，總有清亮臻祐殘缺；
翻新谷底，如即時雨，普降甘霖。

心尖直指，四時生息綠意漫延；
來過走過，欣將懸念，化作風鈴。

瑤珮叮咚，移步將舞吟詠謳歌；
且送繁華，至無人處，伴侶青燈。

李卓珍 / 攝

弦歌

清絕最是梨花白
捧心西子惹憐愛
一勺雲水傍山崖
嬌顏舒展鳳蝶來

千山舞

由來清雅宿林邊
椎髮拂風水袖翩
雲足歡舞點翠豔
山花淨靚泥寰間

李卓珍 / 攝

許皓 / 攝

羞花嘆

含羞草　花酡紅　粉色嬌妊霧濛濛
指輕柔　蝶衣逢　簾捲曦光暮重重

眼朦朧　綠意濃　幽幽林野似夢中
鎖眉頭　心思攏　潺潺流水語蒼穹

花舟行

芙蓉水袖挽碧波　瀟湘仙子紅塵落
一葉花舟鏡湖禱　萬里長城憐月魄

一片落花，有獨特的美麗！可能想見？

在摩伽陀國有位公主，一直不快樂，一種莫名的、尋覓無由的不快樂。

她美麗出眾，貴為王族，錦衣玉食，集三千寵愛，卻快快不樂，國王為了她，煩惱極了！於是昭告天下，誰能令我朝公主快樂，將得到國庫黃金一半！

於是耍猴的，舞蛇的，遊戲神通的，歌舞傳奇、繡花拳腳等十八般舞藝，蜂湧而至王宮，個個施展渾身解數，都為了取悅公主而卯足全力。美麗的公主端莊嫻雅，惟獨，沒

有笑容。

日出日落，車喧馬嘶，人來人去，依舊只有熱鬧，沒有歡樂。

某日，兩匹華麗的駿馬騎乘著兩位英姿挺拔，才貌不世出的鄰國王子！原來，他們聽到同一個消息，相約來挑戰彼此面對困難所能彰顯的實力！並且，他們有著共同的目的；不為庫藏的黃金，只為娶回綻放笑容的美麗公主，這是多麼難的標的！夾道的路人交頭接耳，議論紛紛。

富貴國的王子帶來許多珍藏古玩，稀世珠寶，見所未見，聞所未聞！日以繼夜的在公主面前一一展現。寶光充斥著虛空，驚嘆聲此起彼落！公主穆穆定定，沒有動靜。王子失望極了，落寞的離開這個國家。賢達國的王子站了出來，謙聲有禮恭敬的說：「請國王為我準備一個黑暗的套間，只有床和一桌一椅，公主則入內將息。七天七夜之後，眼纏黑布，請出套間。

七日不見天日，乏人問津，無聲光犬馬，少飲少食，僅夠療命。公主半生優越，幾曾蹈此萬籟俱寂，無人事可茲排遣，鎮日面對自己，無言無語。

月圓之日，侍女依約扶出公主，至小園亭台坐定，眾人隱去。王子英姿煥發，石桌上一缽碧水，翩翩一片落花，以墜水清姿呈現，王子溫柔為公主解開遮眼黑布，以極儒雅的聲音說：輕輕張開雙眼，只凝視眼前桌面，至心供養您的玉缽碧水，多日辛苦了！

輕顫眼簾開啟，月露華濃，盈水碧波，一葉花舟，以姣美之姿，清雅呈現！一滴晶瑩的淚水盈眶，側目相視，公主綻開了如花笑靨！跌落夜鶯。

在一無所有之後，我們的心，往往能體現最深邃的美好。為之撼動！

初秋。家附近的小巷人家，簷下總要盛開
一蓬蓬清麗的使君子。紛蝶簇擁般的花絮，
姿彩可人，幾乎幻眼能見各色鼓動雙翼的
小仙子，穿梭在花間散播繽紛秋涼！要為
盛夏圓一個淡淡清香雋永的句點。

留白

空花傍水月　流雲臻日夜
長河羈留影　幻法稱境界

Michelle 汪 / 攝

日髻

日焚風雲墜　天漠孤煙垂
榮枯度關山　殷勤恨月隨

徐睦詞 / 攝

母親

艷陽下的薄荷　冰種翠玉般濃麗
上乘雕工　紋理可意
一汪綠水　照三千際

乍見葉片新綠　驟爾羅列成寶聚
分分珍惜　細細品啜
燦如虹霓　光若晨星

身邊的媽咪　看似薄荷　沁人心脾
真實的母親　恰如凝碧　朗日之繫

李卓珍 / 攝

相逢

空閒煙嵐青山廓
碧波輕漾綠水弄
間有嬌羞燕子落
欲攬勝景思心動

粉筆無庸繪彩虹
延色應敷燦花容
黛眉含情浮生從
綻顏只為與君逢

風流

綠榕讓鬚眉，碧濤揖丈夫，
無意戀花樹，英雄傲險阻。

華燈耀河街，斑斕漫水都，
深情效桑梓，美人殉西楚。

李卓珍／攝

古樓

窸窸窣窣，
一樹喧嘩掩卻古樓拙，
迷離枝椏，依稀意濃，
斟酌幾簇紅。

婷婷裊裊，
簷花俏麗照看過客愁，
僕僕風塵，為卸滄桑，
嫣然綻笑容。

李卓珍 / 攝

李卓珍 / 攝

寶聚

千枝銜金華，霞海虹霓蓄，
花樹揚妙律，萬法緣生遇。

情濃

山茶艷放近春暖，飲露含苞佳話傳，
層疊輕紗緋色染，紅袖添香滿園歡。

錦屏盔甲雙翼攬，英姿颯爽駐花間，
行雲迎風且流連，天外客座傾城伴。

李卓珍 / 攝

李卓珍 / 攝

春光

春山嬉桃李，婉轉黃鶯啼，
畫眉林梢應，日暖遊人怡。

葉隙金光披，格窗透微曦，
半醒紅妝倚，風情與花齊。

寫景

時輪乘騎飛梭軸，耀日威武白雲愁，
激光折射眩星眸，飆風冷凝古渡頭。

堤岸新舊幾座樓，猶若參天豎箜篌，
撩撥朝霞邀暮靄，閒情攬勝山水兜。

潘玲玲

嚮往

風和日麗祥雲天，晨昏瑞靄降人間，
有情不悔拭心田，紅塵榮景廣無邊。

一莖花開嚮慈顏，冰心玉潔鑑明潭，
浮世錦繡偕苦衍，住劫但似履花前。

霞光

霞光弧線竄，
彤雲來相伴，
榕堤岸邊站，
流蘇眼前蔓。

霧紫薰衣草，
節風逸塵染，
醒世一黃花，
新蕊悠然展。

斑駁的磚牆，總像有故事……

古厝

清冷街道行人少，微風輕拂憐花草，
誰家巧婦炊煙早，且共村里迎新朝。

磚瓦壁角逐年老，離人偶憶故園好，
夜半夢迴急景凋，戚嘆路遙歸途邈。

李卓珍 / 攝

蓮心苦，苦連連，粉妝巧扮如意顏。
行人急，急匆匆，糖衣裹飾疲困田。
情理同，大道常，憐君當知自亦塞。
鐘澈響，鼓驚天，策心善轉不唐捐。

藕實

藕實凝翠似拱璧，葉波掩映自在蓮，
清華將護方寸間，卸卻煩惱千塹填。

蘇麗雲／攝

繽紛的年少，總是來不及記憶；緊著忙碌的中年，
幾乎岔氣！幸好，還有能回顧的年紀，呼吸和生
命節奏能插上雙翼，自在迎向有意無意的新來過
去，看似淡然相應卻是深刻銘記。

時光

夢渴飲月光，覺時日推窗，
移步輕開園，門外鳥雀慌。

李卓珍／攝

樂山水

樂山樂水只心間，
花花草草不永年，

欣仰靈祇虛空閒，
劫劫悄悄綻慈顏。

李卓珍 / 攝

洞悉

藍天的密謀　藤蔓條幹裡岔氣
瓜分是藏不住貪婪的行徑
覬覦是忐忑的詭異
若如此工於心計　藏鋒的藍
是陰陰濃蔭中　永不妥協的背棄

枝椏的情意　週而復始的相遇
切割是難遮掩叛離的逃避
愛戀是不安的藏匿
似這般撩撥諸境　凝霜的青
逞鬱鬱春雨裡　莫測高深的嚴峻

即興

如何能訴說紅塵裡隱顯的美麗？

每一眼具是排山倒海傾洩的冶豔，
每一念都有翻騰江河挹注的洞見，
俗麗繁華醒卻，清澈俯拾之間。

開眼是藝術，闔眼成軼事，
遍虛空化境，所有的凝視，度量不盡。
何不，誠摯迎風邀月，和睦情器，
逐雲追日，隨順花事，餘韻無限。

李卓珍 / 攝

177

天池朗

雲吞金山天池朗　光增海水鍍輝煌
崢嶸歲月逝如斯　暗淡橋墩霧影幢

灰顯得這麼磅礴大器！是由於大日的澄明，
在天池中攪拌成耀眼的泥金，綻漫游移。
輾著天地間的灰黑，鋪陳一起一起奪目的瑰
麗！

日新月異，黎民百姓，就像一大片浮游的灰，

時而泥濘，時而輕盈，穿不穿透之間，其實都存在著斑斕耀眼的背景，伺機能演出一波波難忘的感動！

淡水砲臺公園清早，常見一位揹背包挺直腰板、黝黑壯碩的青年，邊走邊陽光般的向晨運人們招呼著，中氣十足，聲帶揚高顯得費力，音質稍失控。揣測，應是中風患者。

晨光中，總有一群人，復健的路堅持走著，日日夜夜。身體的修護，要依憑極勇悍的心力撐持！

青年總是獨自行走，獨自長條椅上用著往往是一袋吐司的早餐；獨自滑手機，獨自目視過往，除了問候，驅散寂寥的只晨曦微風，人聲犬吠。

晨運於我，已是必需、必要和必然；於這青年，想來亦是不可或缺，後來，也成了友善招呼的不再陌路！接著黃昏和其他時分，也屢屢遇見，同一個造型，漫長的步道，踽踽獨行。

一向，總有人三不五時湊著說話。今晨慢跑，就來了個伴，聞道故事，話說那位青年。

「知道他背包裡都揹些什麼嗎？」「什麼呢？」「石頭和磚塊！」「啊……好重的呀！」「應該是為了復健需要，壓力能讓感知受損的身軀落實些。」「好有毅力！」「他家在三芝。」「一個人住社福中心。」「整天走個不停……不放棄的力拼復健！」「令人尊敬。」

市井中，總存在著這樣的生命鬥士，為我們譜寫一個又一個可貴的範本！

就像透著澄金的灰。

嬉春

園圃燭臺花　色凝姿態佳
姣姣春日發　醉蝶鬧籬笆

繽紛火艷妊　天地似君家
盛宴招暖霞　十方納融洽

李卓珍 / 攝

雲水域

河船傍著港灣，遠山含笑，浮雲漫遮；
藏青天幕，依舊底蘊深藏。
明鏡河道，正悠悠引薦這太平和朗的渠水一方。

渡日揀擇，似這般和順意恭迎十方；
朝衍夕幻，紅塵迷障，急事如潮，何妨瀟灑讓渡？
顛簸擺盪，終究餘波盪漾歸於平靜。
開門瑣碎恁地細石擲水輕狂，
未到曠野飆風，不如心領暫歇的緩頰。

繁華倒盡，且趄花徑，桃紅李白，
但欣佳色，只遊戲。

旖旎

紅樓不待添韻語，寧置玉人弦歌久，
明月清華照枕衾，旖旎風光搏繡球。

遊河

粉黛妍江山多嬌，翠屏倚玉樹春曉，
輕巧綻海棠清豔，畫眉棲蓊鬱林濤。

大道常

名花圈高牆，
錦繡深處藏，
迤邐小徑行，
無為大道常。

李卓珍 / 攝

李卓珍 / 攝

「落地生根」，村野巷弄開
得風風火火！輕易見著；不
經意相識於陡坡。

燎原

花樣紅燈籠　烏砂嫩葉從
根何落地生　不執勢如風

大千億載，萬物情繫……

和鳴

憐卿為梳理　傍君行踽踽
呢噥敦囑語　心思無償許

幽澗簾碧草　清溪鸂鶒曲
花間甘露掬　林下神仙侶

王林蕊 / 攝

薈萃

碧波紋理湛翡翠
青山綿亙涵寶玉
環湖春風拂秋水
瀲灩仙子探紫君

剎那豪邁

灘頭王棕鎮娑婆　崗前日輪鍍輝煌
將軍把盞憶疆場　萬里風沙足下揚

王林蕊

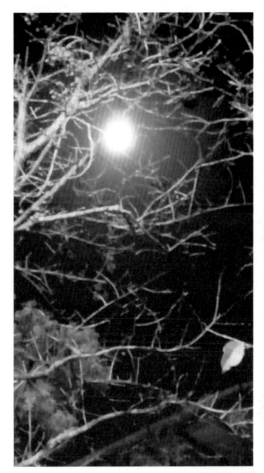

荊月

執堅枯榮衍
蝕刻糾結緣
明空朗月現
夜華蔚勝觀

石獅，偏著頭思索過往未來。

陽光梳理妝臺，晏起懶對鏡！閒閒審著，浮塵似的念想盤桓，順應不凋萎的心思繁茂，好整以暇。且獨白，隱約能將息。

簷花

陽春甦萬象　　醒獅鎮古宅
水月繁華慨　　傾予流光載

序曲

旖旎軸承　翩翩舒卷
蟬翼般輕透的扉頁　純粹

絕世的粉色展演　絢舞空前

華美的詩歌纏綿　影著落幕的焦慮
波動著心湖古琴　愴然應和的心弦

黑絲絨的背景　隱含飄忽的流連
紫水晶的光暈　嘩著暗夜的嘆息

李卓珍 / 攝

日光，翳障了背景。
歲月，從歷史的威權中出走，來到眼前。
沙漏，精巧的將曾經的步履，
迤邐成光波緻密的痕跡。
城鄉古鎮，往往，一經眼，一陣濃煙，
已完成隱約逸散的遷徙。

流砂

光翳繁華落　歲月穿梭過
曾經古巷弄　頃刻跟前厝

嚴秀娥／攝

淨田

木蓮遮雲開

自耘一方白

朵朵晶玉魄

芳菲竊君懷

誓師

金甲貴冑扶風驪

鐵騎驍勇勢如虹

威儀震懾九州動

智德兼備天地崇

花語

紅艷　是你心頭的眷戀　一生積欠
新娘　攜來雲端的無瑕　不憂償還

幽幽眉睫　可是累世傾盆的悲憐
纖纖情絲　旋風轉作深遠的纏綿

薄倖　原是窗櫺鳥雀　遊戲憑欄
濃情　默許蜂蝶敷衍　蒼鷹盤旋

沒有淒怨　只見婉約
移步　納入無限清涼　娟娟妙演

李卓珍 / 攝

善識

迷霧裡的花樹　纖纖閒織簾幕
悄遮欲穿梭的眼目
時節合度　自會傾訴　何勞忖忖度度

蜂蝶愛戀的情愫　不是芳華歸處
依傍的雲天大樹　才是依依菟絲
裊裊婷婷安住　心事的攀附

天若能雨甘露　萬物欣沐　悅如飛瀑
淳風吹拂月華　靈山不怒　太鼓傳佈

靈動

濃豔和熾熱有關？
狂風敗草般的激烈不濟事，
澈見實相後的雲淡風清反而勝出。

膠著濃稠不是耀眼本色，
灑脫到極致的移開俗律更現明媚……
花色重重，一日一層，疊映生韻。

有閒情，幾時不語且向花，
緣自深處心動，必擁花容，
悄悄處處，行行住住。

李卓珍 / 攝

雲想

山巔，盛香火，廟宇遊人如織，為許願、如願、
香花還願，茉莉花串串堆疊已然花丘簇擁，
虔誠許願者猶絡繹不絕。希望和信心建立之
處，總有寶藏歡喜。

人們，在「願」的生滅裡來去，渴求不稍停。
希望人生，夥著沒有盡頭的企盼，忙碌的向
前採摘一個又一個貧瘠或豐碩的果實，直到
初衷忘卻。

許一個願，遍該生境，真實履踐；若希冀果
報徒空泛難計。任願力在寰宇天地間發酵，
善意在無數生命裡成辦。既不著邊際則毋須
清點，豈不快意？

陽光紫藤

流蘇款曲風月載
紫晶花簾無心裁
朗日浮雲春瑤臺
棲霞蝴蝶翩翩來

李卓珍 / 攝

俯瞰

極目山水遠，寬心河山闊，
華宇悉有頂，虛空無方朔。

清雅荷葉拓，嬌顏得烘托，
明是自然艷，藏德漾餘波。

無盡意

山川大地無盡意，虛空幻有解深密，
仁心慈憫諸陷溺，德善廣被吉祥迄。

入世城邦依山立，花樹榮枯應緣起，
何妨境景頻更易，但持中道泯憂喜。

李卓珍 / 攝

小提琴的聯想

極致雅韻　貴不自知

花間眺望　交織剎那清艷
這絕版的凝視　再難值遇

雜質從空氣中隱逸

詩一般的華光　朦朧閃遞
是誰在撥弄心弦　演奏美麗

魄力

渠田護有情
決日昭萬境
破曉諭雲霾
菩提策心明

Michelle 汪/攝

潘玲玲

觸

浮生一畫布，當濃且淡，
千斤卸下，方知巧荷擔。
耘了心，逕向八方駛，
乍見春水寒，弱柳倚長堤。
驀回首，胡風亂華髮，
幾番秋聲告急，凋年殘冬罄。

四季輪舵轉，才向巳落，
緊著行程，負了好時光。
不經意，悠然天地闊，
似聞宮闕間，仙樂絲絲扣。
極目望，天星耀河漢，
忖度流雲無數，釋盡漂泊處。

逐雲

月映江心夜登船，卸卻幻海千萬纏，
逐雲追日山水沔，閒與知音共把盞。

休語紅塵添闌珊，巧鼓攄罷詠詩篇，
珠璣廣演方寸間，聽憑兩岸弦歌遠。

王林蕊 / 攝

彩繪行旅

屋裡　漫著七彩
心中　漾著甜蜜
凡塵居處有你
就當如雲邁開步履
風姿婉約　飄香惜情　舞動如虹景

思源　挹注風景
出發　有情遊旅
千山萬水行遍
隨意緣遇客途形影
存真求善　愛生慈憫　欣意住同體

青蓮引

青蓮滌自意
常伴千秋濘
大千自在運
虛懷萬法淨

李卓珍 / 攝

環繞和擁抱，以雲舞光波的姿態流浪。

煙嵐餘韻，呼嘯迎旭，

掀起一日生滅前的神秘演繹。

朝陽，仍在尋尋覓覓，一切如常興替。

燦燦翩翩，晶瑩石礫，遊走在空間裡的步伐，

可能閒閒知曉，四周擺盪的情意？

緣內緣外，幾番心思盤計，曾不曾釋然？

恬恬淨淨，在寧謐中旋翼，

悠悠裊裊，暖暖緩緩，

轉過久矣的屏蔽，和煦諧趣。

澄豔

墨韻千萬頃　禪葉瞬開啟
問君何道諦　不染心舒契

山徑

幾番風雪幾番誇，
穿梭流光四季花，
蟲鳴鳥叫瞬間發，
生息榮枯萬緣刷。

山壁奇石嶙峋插，
林木空虛仰天扎，
無懼境險世情乏，
綻顏先與群芳妊。

李卓珍 / 攝

道問

風知道　星月的去處　夜宴曾共
雲知道　春水的流動　常伴追夢
莫道良宵已落　繁華瞬縱
更有來春喜鵲　梢頭歡頌

凝重　不見陰晴圓缺幾番曾經
輕鬆　反是光波美景快意情鍾
一筆狂草　江湖告老
飆目遠見　雪域寒星

浮生若非　幻化塵緣　輕褪俗衣
哪來晶光晨曦　了了清新
何妨　喧囂裡　迎初心

畫師

千花一樹共恩愛
枝繁葉茂妍姿態
漫皴八方雪山白
悄敷人間淨瓶采

汨汨

夕陽紅餘暉嘩榮
波浪重有光欣從
海一隅雲山潼彤
瞬息間幻象無窮

綠籬繞小屋蔥蘢
花徑衍多姿嬌容
掬水向悅目景奉
清涼行天地與共

王林蕊 / 攝

開闔

丹朱天鵝絨　千羽織敞蓬
披風戴月從　慈蕊沐恩榮

媚紅妍初衷　恬然寧馨送
富麗盛姿容　情深韻致濃

祝福

湖海風浪平　盛世惠佳景
向前榮華令　朗日伴君晴

我綸 / 攝

李卓珍 / 攝

耐看的花，掛掛吊燈似的華麗，色
多妍美，開著像報歲蘭，合十的花
苞虔虔，「寶蓮燈」，和著傳說的
名字。

燈花引

串串繽紛無盡意　歷歷前緣衍深情
詩歌傳唱神仙曲　植株懸念寶蓮燈

李卓珍 / 攝

恩惠

澄心淨化世間戾
澈見擯除萬法迷
塵埃不著諸悉地
善意巧卸撲朔籬

廣澤

灰　僕僕風塵於海上　光　煦煦和暖從天堂
相遇　灰成燦　光如飴　驟見　燈蔥蘢　色純金
整一片萬年昭彰　四海榮昌
崇山峻嶺　虔德南北　平壤細水　福運東西

潘玲玲

李卓珍 / 攝

格桑花

風搖翠草醒花魂
藏青高原憶良臣
柔韌秋英漫香氛
格桑梅朵張大人

花繭

玉苞金絲縷
千姿舞花序
昔日長安居
唐昌公主趣

蘇麗雲 / 攝

白流蘇

情關綴流蘇　紅樓罩飛雪
塵緣抒千葉　霜華舞四月

王林蕊 / 攝

花間行

雲晶飾天青　碧濤沁和風
迤邐繁華景　忘憂舞昇平

日疏

日輪冉冉焚
紛霞三途隱
彈指析紅塵
示意闡經綸

憶載

層峰疊翠巒　碧波謁深潭
昔主金龍傳　寧心隱幽寰

乾淨

捎張照片　插座老去　電箱陳舊
牆面斑駁　蟲屍貶抑　什麼機鋒

不會吧　說這是藝術另類
話人間慘澹　要面對真實

既然厭怖泥濘　但看沼澤
究竟勘探正理　心向天堂

從這裡到那裡　怎麼說怎麼在理
繪製生命圖騰　鋪排的標新立異

是凸顯邁出的步伐　慧眼獨具
還是年輕如你　放任的追擊

張湧祥／攝

楓紅

幾樹青楓濃
少分嫣然紅
倚窗待金秋
星夜共崢嶸

思鄉

戚戚林樹蓊成排
鬱鬱芳草曠雲白
一曲鄉愁箜篌慨
冷冽傷情遊子懷

王林蕊 / 攝

煙花

多麼親愛的擁擠
多麼虛張聲勢的寄情

簇擁著　簇新的　簇簇
盈溢著　盈門的　盈盈

纏綣是遊人心底流竄的追憶
幻想作春日懷裡嘩啦啦的艷遇

風花不驚　即景泰然
一旦落幕　化泥成煙

繁華總要掂量人們有多堅強
能不能虔虔拋接　曲終人散的悲涼

韶光奔赴　迷眼雲天　難免
旖旎風華　可憐精彩　無言

李卓

秋妝

騰煙蒸雲瀧山水，
勻心佈色醒秋妝，
扶疏草木書香藏，
金花植遍小園窗。

李卓珍 / 攝

濃豔

潑灑四射的濃豔！在黃昏。
流竄張惶的瘋紅！漫水天。

遊人如織，眼裡燒著狂野，
你說能傾倒的是滿腔熱血，
我寧可守住心的潔白堡壘。

安識綸 / 攝

迎送

長夜細雨嗑花窗　浮世漂洗坌塵藏
迎面曦光青石朗　驀見落花傾絕唱

銀紅釀

印月銀葉菊　輝映紅孤挺
天晶易寒星　清華播芳庭

拒作畸零花　常德自律行
幻世無依憑　善緣猶佳景

李卓珍／攝

雙雙

嫣然似虹染
葳蕤鏡花緣
小徑泛春草
香薰圍閣前　　俏麗雙株艷
　　　　　　　紅袖舞經年
　　　　　　　千秋佳話衍
　　　　　　　共譜天地圓

李卓珍 / 攝

拈花

仙島鶴足履，荷塘顧盼淺
容將月裡白，賦予素手拈。

屋脊，不經意挑起希望的弧，兩端分飾以燕尾！深邃的神髓，往往來自於風骨。單是民居，樸實裡竟透著貴氣！更有那五色香荷綴飾祥和，演繹著悠悠不絕的餘韻。

疊韻

紅牆縈天香，華蓋繾翠秀，
飲露玉芙蓉，清絕俗不就。

Michelle 汪 / 攝

過門

淺藍悅意的藍天，孩子們無憂登高，
青春一片欣闊，願多幸福善成長！

攀登無為梯　歡樂向雲際
親子同遊戲　如魚探潮汐

王林蕊 / 攝

雲邊

桅杆船塢橫
藍海泊新城
客塵潛真心
青空深邃證

碩荷

日麗風和軟香紅
新裝出落佳色重
遊人嬉景興緻濃
荷塘瀲灩玉芙蓉

動靜

遠天弦月星
夜幕揭華燈
潮汐悲逝水
金秋箏瑟鳴

李卓珍 / 攝

初雪

雲頂有神仙，極目盡嵐煙，
天地開闊闊，河山傲岸間。

待有舞飛絢，柔情霰花箋，
寧心浩瀚見，纏綿最堪憐。

流轉

流水載石殤
欽風拂塵沙
獨隱一隅伐
喙搏已卸甲

李卓珍 / 攝

夕照

蹲踞一隅　夕照勻淨
依稀是江南水鄉　渲染的墨韻

調度一潑粉霞　敷就清澈明媚
幻作異鄉遊子夢中乍暖的依憑

向晚　日燈溫煦　脈脈含情
守著長堤　目送亭外亭

攀登會遇的虹橋　揮舞衣袖　招攬
曾經的曲水流觴　詩歌吟哦　傾聽

向晚　風鈴兀自叮咚　搭訕自在的風
河船　旋過夾岸煙雲　穿越千古行蹤

李卓珍 / 攝

行律

咫尺春山環夏宮
一掬秋水向嚴冬
雲天搖蕩四季風
倉促行人如夢中

李卓珍 作

蘆葦飄

習習涼風蘆葦飄，頻頻頷首擺纖腰，
光增海水雲煙繚，凌波仙子上天橋。

畦畦良田翡翠苗，款款丰姿金步搖，
合歡恣紅花開早，九重情愫憐芳草。

李卓珍 / 攝

悠然行

天作寶蓋水為憑
羽扇綸巾悠然行
靈通思路何修契
櫛風沐雨常欣靜

蘇麗雲 / 攝

王林蕊 / 攝

李卓珍 / 攝

踽踽

潮汐植泥濘
曲水繪沙洲
獨步行險灘
孤影何銷愁

搭起的橋，像煞了深情眉睫……

背山矇曨，向前青蔥，隱約將希望，坎進無限生命裡。

脈脈

河山藏情意　大千書不盡

慈悲垂眼憐　授記珍寶印

王林蕊／攝

須別離

須別離，拘一隅靜。

但惜花，攢一枝春。

悠悠哉哉凝空閒徜……

彌有意，怎思得悄？

漫長天，雲煙裊裊，

清淺河漢凌虛輕渡。

李卓珍 / 攝

何以詩般若？

身體不聽話了，聽心。

先說失衡：尋不回原有的組織力，原本能輕鬆完成的事，怎就成了笨笨慢慢的燃慌？

一條小巷走得飄飄搖搖非得靠觀想撐住不行，抓地力去了那裡？

結巴，思緒短路，緩慢，暴瘦，左手顫抖，指甲有種要剝離的痛、指腹不時迸逆，一邊眼臉抽搐… 覺得這些器官都想控訴些什麼？拼著各自表態！很不寂靜。

討厭吃藥的自己，爭扎又爭扎，為了妥協身體干擾太過，不得不認了巴金森症慢性病患的新身份。

醫生問：「得了這個病，你最擔心什麼？」答：「失去優雅。」

護士小姐倒是中肯得很：「聽好！別怕！60 歲了，服藥控制，保養得好可以行動自如到 70 多歲！至於那以後的老人，無論得不得病，行動都不會太自如！」

次說抗衡：看了診間重症病患的模樣，僵直的身軀和邁不開的細碎步伐，難過極了！為了推翻恐懼，甩掉不愛運動的無奈，開始走路，想擺脫身體的無能為力。

尋求平衡：還能給出些什麼來感恩天地的哺育，和比肩存活在這個世間，識與不識的親愛有情？

記錄辰光！真摯聽心、看世界。不為什麼，掠一眼清涼，烙印心聲，說是詩，不如說是漫天花雨，安逸在曲終人散以前。

後話：以早安圖和 fb 的管道，寫了 600 多個有感的清晨！傾聽迴盪在虛空裡的心聲。

不囿格律，寫直覺。詩般若，蔚素人情。每天一早，天涯海角直去請安，為對稍停手邊，接下這份晨間問候的您，一笑禮！

好不好？不慌不忙。深呼吸，接收十方滋養，迎向吉祥。

國家圖書館出版品預行編目資料

詩般若 / 李卓珍著
--初版-- 臺北市：博客思出版事業網：2019.08
ISBN：978-957-9267-23-6（平裝）

863.51　　　　　　　　　　　　　　　108009592

當代詩大系 19

詩般若

作　　者：李卓珍
編　　輯：楊容容
美　　編：塗宇樵
封面設計：塗宇樵
出 版 者：博客思出版事業網
發　　行：博客思出版事業網
地　　址：台北市中正區重慶南路1段121號8樓之14
電　　話：(02)2331-1675或(02)2331-1691
傳　　真：(02)2382-6225
E—MAIL：books5w@gmail.com或books5w@yahoo.com.tw
網路書店：http://bookstv.com.tw/
　　　　　https://www.pcstore.com.tw/yesbooks/
　　　　　博客來網路書店、博客思網路書店
　　　　　三民書局、金石堂書店
總 經 銷：聯合發行股份有限公司
電　　話：(02) 2917-8022　　傳 真：(02) 2915-7212
劃撥戶名：蘭臺出版社 帳號：18995335
香港代理：香港聯合零售有限公司
地　　址：香港新界大蒲汀麗路 36 號中華商務印刷大樓
　　　　　C&C Building, 36,Ting, Lai, Road, Tai,Po, New,Territories
電　　話：(852)2150-2100　　傳 真：(852)2356-0735
出版日期：2019年08月 初版
定　　價：新臺幣300元整（平裝）
ISBN：978-957-9267-23-6